文芸社セレクション

お月さまお月さま
大きな空から私が見えますか?

ラッキーリリィ

文芸社

目　次

《不穏な空気》

「尖閣諸島を買いたい」と、誰かが言ったのを機に、
なんとなく不穏な空気が漂い始めた。
本当は、悔いながら沈黙するしかなかった。
にもかかわらず、
大切にしなければならない近隣の諸国を刺激してしまった。

太平洋戦争から随分と時が経ち、
それは、仕掛けた方が早く忘れて貰いたいという願いであり、
被害国からすれば、
忘れられるならそれに越したことはないのだが、
忘れようとて、いくら時が経てもなかなか困難なことなのだ。

その困難極まりない心を悟って、
静かに悔いて、新しく平和を掲げて生きてゆけば、
いつの日にか、
きっと赦される日も来るだろうに、
また、思い出したくもない出来事の予兆のような人が、
また育っているのではないのだろうかと恐ろしくもなってくる。

戦争に対してまったく関心がない国で良いのに、
戦争放棄の国でまったく問題がないのに、
平和が一番素晴らしいということを、
世界中のどこの国よりも一番知っているはずなのに、
身に沁みて分かっているはずなのに、

驕り高ぶって、眠った子を揺り起こし刺激してしまったので
はなかろうか。

刺激した為に、日米韓で軍事演習をしなければならず、
その軍事演習が近隣諸国にとっては、また脅威なのだ。
軍事演習をする度にミサイルを打ち上げるからよく分かる。
軍事演習はまさに挑発しているように感じるのだ。

本当は哀しくなるほど、頑固な弱いもの同士。
幼児に「みんな、仲良くしなさいね」と、
必ず大人たちが教えるように、
同じように仲良くすれば良いのにと思う。

過去の辛くて悲しい、怖くて忘れてしまいたい出来事を
どうかどうか誰にも思い起こさせないでほしい。

抑止力なんか要らない。
自分達がしてきたことを、同じようにされてみれば、
初めて、その悔しさが苦しみが辛さが痛みが分かるだろう。
沖縄が、広島が、長崎が、いいようもなくそうであるように。

だが戦争は絶対にダメだ。何としても食い止めねば。
そう思いながらも静か〜に静か〜に、
戦争の気配のようなものがひたひたと近づいている。
以前とは絶対に何か違っている。

誰もが皆、平和を望み戦争は駄目だと思っている。
そうだとすれば、
考え方のプロセスが違うだけなのだ。だから対立してしまう。

相手に対して、屈せずに強項な姿勢をとってしまうのか。
それとも、相手の気持ちに寄り添いたいのか。
という本当に簡単な話なのだ。

誰もがきっと、心を開いても良い。
と思えるのは立ちはだかって仁王立ちした相手よりも、
一枚の毛布を差し出してくれる相手に心を開くだろう。
自分に当てはめてみるとよく分かることだろう。

温かな手を繋ぐ外交。これこそがなすべきことだろう。
頭も下げずいかつい顔をした人に、
誰が近づこうと思うだろうか。
赤ちゃんでさえ、よく知っている。
今、隣国の大統領は、自国の反対する声が多くても、
それでも手を繋ごうとしてくれている。
国を背負って立つ人は、本来こうあるべきだと思う。
いがみ合っても何も解決せず、
進展もないことをよく知っているからだろう。

抑止力なんか要らない。
近隣の諸国に対して、戦力で対峙しようとするから、
激化して、その結果、雪だるま式に軍事費が膨れあがり、

お互いが、知るや知らずに、知ってか知らずか、
ますます貧乏な国になってしまうのが分かるだろうか？

国民の豊かな住み良い生活を、平和を置き去りにして、
このまま軍事費を増やしていく哀れな国にしたいのだろうか？

それよりも何よりも今、
私たちの命の源である『地球』が
あえぎ苦しんでいるのに…
すでにカチカチ山の狸さんのように
地球の尻尾に火がついているのに…
その地球の上で、今も愚かな侵略戦争や権力争いが
起こっている。
地球はまるくどこまで行っても繋がっているのだ。
ひとつなのだ。

この美しく青い地球の気持ちがお分かりになるだろうか？

否、けっして分かるまい。

《袋小路》

まちがえて

『取り越し苦労』　行きの電車に

飛び乗ってしまったから

着いた街には　心細い　あやふやな

心配や不安しか売らない店が

少しばかり趣を変えて

灰色の影を落とした石畳の通りにひっそりと建ち並んでいる

どの店の店内も　憂うつな空気と深刻な空気とが

うつろに混ざり合い

レジの横の昔はさぞ美しかったであろう古いテーブルの上には

陰気な影が作りあげたランプがひとつ

壁に掛かった小さな絵の

女性の寂しげな横顔をぼんやりと照らしている

奥の部屋の壁に吊るしてある朧げなランプの灯りは

うす紫の仄暗い影を落として

今にも消えてしまいそうで　それでいて

頼りなさそうに細々と持ちこたえている

「何か…　新しく入荷した心配事でもお探しですか」

店員のその重苦しい響きで　我に返った

いったい　どれくらいの時が経ったろう

いつぞやからか　悩んでいるうちに

私はどうやら…　先のまったく見えない

光のない街の

袋小路に迷い込んでしまっていたようだ

《椿》

しっとりと雨に濡れた　花椿の緋色を

つややかな緑の葉がいっそう際立てて

その緋色を雄しべの黄色が尚いっそう

あでやかに引き立てている

椿の花は　古風な町娘のようでもあり

近代的な街が似合うモダンガールのようでもある

そう思っていた

ところが　青しぐれの降るなにげない昼下がりの散歩道

公園の片隅で手入れもされずに生い茂ったその椿の樹は

艶やかな葉と鮮やかな緋色の花に埋もれて

野生のようにあからさまに咲き乱れては乱れ咲いて

そのあまりの妖しげな立ち姿に　おもわず息を呑んだ

日照り雨の狐に化かされたか　椿の花は

なまめかしい花魁になりすまし　色あでやかに

ぽたりとひとつ　身を投げた

匂いたち　乱れ落ちては　緋く地面を染め上げてゆく

やり切れぬ　やり場のない愛憎と憎悪が

一面とぐろのように渦巻いて

またひとつ　ぽたりとひとつ　身を投げた

落ち堕ちてゆくその身の上を断ち切るかの如く　潔く

狂おしいこの身を断ち切るかの如く　美しく

椿の花は春が来るたび　その身を焦がす

公園の片隅の青時雨に乱れ咲いた妖艶な

椿に見とれ　立ち尽くす

短編小説を一気に読み終えた如く　立ち尽くす

《幸せについて》

幸せそうに見える人が「幸せじゃない」という

幸せそうには見えない人が「幸せだ」という

それは　いったい　どうしてだろう？

それはきっと（あの人は幸せ　この人は不幸せ）なんて

その人のうわべだけを見て

他人が　勝手に判断をすることではないからだろう

むしろ

他人には決して分からない自分自身の心の在り方

たとえ　皆が　羨むような環境の中に居ても

自分自身が不幸だと思えば　不幸

たとえ　辛く耐えがたい境遇であっても

自分が幸せだと思えば　幸せ

幸せは　容姿や豪邸や高級車や　その他もろもろの

誰の目にも見える物事に宿ることはできず

ただ　心から幸せだと思える人の

心の中にだけ宿ることができる

けれども　もし　幸せというものが

誰の目にもはっきりと見える物事だけだと固く信じていたら

常に誰かと比べては　不満を抱いたり

また反対に　優越感に浸っては　その度に一喜一憂し

いつまで経っても　幸せにはなれないだろう

ただ一つ　明らかなことは

自分は不幸だと嘆いて暮らしている人よりも

自分は幸せだと喜んで生きている人の方が

絶対に幸せだということ

悲しみや苦しみは　きっと誰にもあるはずなのに

それでも　悲しみや苦しみを受け入れ呑み込み感謝して

勇気や希望を持って　明るく生きていける人は

この上なく強く尊く　この上なく清らかで美しい人だと思う

たとえ　身体が不自由であっても　五体が不満足であっても

心から幸せだと思って　勇気や希望を持って清らかに

強く生きている人は　世界の中にもきっと大勢いると思う

だからこそ　私にとって「幸せになる」ということが

これほどまでに難しく　恋焦がれてしまうのだろう

幸せ　不幸せは　表裏一体　自分の心の在り方次第

もし　このような私でも

不平不満を　パソコンのキーをたたくように

簡単に『Ｋ　Ａ　Ｎ　Ｓ　Ｙ　Ａ』と変換できたなら

今　すぐにでも　幸せになれるのに…

みんな　ひとり残らず　幸せになれるのに…

人生が素晴らしく変化するのに

幸せについて…

幸せとはそういうものではないのだろうか　と

中秋の透きとおる月に

しみじみと　ひとり感慨にふけったのでありました

《あなたの傍で》

今まで経験した事のない未曾有の

大災害に見舞われて

愛する人や大切な家族

住み慣れた家や仕事をなくした人達は

どれほど途方にくれて　どれほど涙を流したことでしょう

眠れない長い夜を過ごしたことでしょう

生きる希望さえ無くしたでしょう

どんなに心の強い人であっても

そんな気持ちになったでしょう

けれども　亡くなってしまった

あなたの愛する人達は

それでも　『自分の分まで強く生きて欲しい‼』

あなたに 『明るい未来を見て欲しい！！』

あなたを…

あなたの幸せを　力の限り願っているのです

あなたには見えないかも知れないけれど

あなたの愛する人達は

いつもあなたの傍にいて

いつもあなたを想い

いつだってあなたに寄り添っているのですから…

《桜の花の薫る頃に…》

満開の薄桃色の桜の花びらが　ほんのかすかな風にゆれて

はらはらと舞い散るようすは　なんとも儚げで美しい

その満開の樹の下でそっと佇んでいるだけで

自然に心は癒され穏やかになれる

それはきっと

桜自身がどのようなこだわりも持たず

また　どのような主張もせず

ただ　桜　ありのままに咲いて

いつでも誰でも優しく迎え入れてくれるからだろう

だから古_{いにしえ}より

人は知るや知らず　その美しい桜の内に

たおやかな観音様の慈愛にも似た

柔らかな優しさに包み込まれたように感じては

いつの世も満開の桜に惹かれ　集い合うのであろう

いずれにしても桜の花の薫る頃……

心は　うっとり

夢うつつ　夢うつつ

《無駄な時間》

どこに仕舞ったか忘れてしまい

イライラしながら探し物をすることほど

無駄な時間はない

車の運転中　急いでいるのに

何度も信号に引っ掛かりイライラする

イライラしても　しなくっても

どうせ止まって待つのなら

最初からイライラせずに　平常心でいればよかった

イライラは　気分を害するだけの意味のない無駄な時間

探し物や　信号待ちに限ったことではない

人生すべてに当てはまる

あぁ〜　イライラした時間がもったいない！！

《警鐘》

科学が発達するにつれて私たちは

目に見えるものばかりを重んじてきたのではないでしょうか

これからの私たちは　これからも目に見えるもの

科学で解明できるものだけを信じて

生きていけばいいのでしょうか

見えない物は無しとして良いのでしょうか

なぜなら　人の心は見えません

どんなに見たいと願っても決して見えません

見えないけれども必ず存在しています

もし　その心が　誰の目にもはっきりと見えたなら

誤解や冤罪などの　さまざまな問題は

きっと起こらないでしょう

また　一分たりとも無くなれば生きてはいけない

空気でさえも見えません

恐ろしい放射能にしても目には見えません

色も匂いも無く　決して見えないけれども存在しています

きっと心に刻むべき大事なものほど見えないのでしょうか

むしろ　見えなくされているような気さえします

そして　放射能という見えない物質が

今も日本の国を脅かしています

もし　恐ろしい放射能が誰の目にも見えたなら

どれ程やり易いことでしょうか

戦後の日本は　余りにも短い年月で貧しい時代から

豊かな時代になり物が有り余るようになりました

目に見える『物』が増えて豊かになった分

目に見えない『心』の方が

どんどん貧しくなったように思います

そして豊かになったその陰で　いつの間にか

何も恐れるものがなくなってしまったような気がします

平和とか安全安心とかが問題になりはじめた頃

大地震によって原発の事故も起きてしまいました

この世に起こる事柄は必然だと教えてくれたのでしょうか

私たちには恐れるものがないと思っていても

一寸先すら予測することはできません

自然を前にしては立ち尽くすばかりで　なす術がありません

何か目に見えない大きな存在が私たちに警鐘を鳴らし

何かを教えているように思うのです

もし　今の私たちに修正のできるものがあるとすれば

それは『心』しかないように思います

うわべで見えることばかりに心を奪われず

自分の内にある『心の目』を研ぎ澄ませて

物事の本質を見極めるときがきたような気がしています

目に見えないものにこそ本質が隠れていると思うからです

2011.3.11

東北地方に大地震や大津波が襲ったこと　福島の放射能汚染

近年の豪雨災害やあらゆる所で起こるもろもろの大災害

あまりにも多くて　苦しく辛く皆が絶望の淵に沈みます

けれどもこれからも　なにごとが起ころうとも

さまざまな未曾有の大災害を経験したことを糧にして

前を向いて進んでいきましょう

人間ですから慢心も不安もあります

長い夜に眠れないこともあります

全知全能の神は

目に見えずとも必ず存在しています

私たちを御守護下さっています

誰にもそれぞれの信じる神様や仏様がいらっしゃるでしょう

私たちはどうあるべきか？

大きな存在が

目に見えない　この『心』を問われている気がするのです

これからの日本がもっともっと住みやすくなる為にも

世界中の誰もがもっともっと幸せになる為にも…

《夕陽》

か細く　か弱く　可憐に咲いて散る線香花火は

その儚い命を惜しむかのように

その火玉だけがゆらゆらと真っ赤に燃えて

気丈に膨らんでゆく

海岸線を走る高速バスにゆられながら　そんなことを思いつつ

今　目の前で佇む夕陽は　まさに夕べに遊んだ

あの線香花火の終わりの

あの真っ赤に燃えた火玉のようだと…

その夕陽が今

穏やかな瀬戸内の海に　ゆらゆらと燃え落ちてゆく

まるで　幻

嘘か　真か

それとも　すべては…　無

静まり返ったしじまの海を真っ赤に染めあげて

とろけるように夕陽が沈めば

何ごともなかったかのように　汽笛を鳴らし行き交う船

瀬戸内の美しい島々が　次々と墨絵になってゆく

夏の夜を　たまゆらに咲いて散った線香花火は

強くも　儚く切ないけれど

今日を照らし　今日という日を惜しむかのように沈んだ夕陽は

あしたも　昇る

魂がおもわずシャッターを切った　一枚の幻

生涯　忘れない

《天国のあなたに》

優しいあなただから

なにも訊かずにいてくれた

知らない振りしていてくれた

なんにも言わずにいてくれた

ただ優しく大きな愛で包んでくれた

そんなあなたを

はがゆく思ったことがある

あまりに私は世間知らずで子供過ぎたから

それでもなんにも言わずに

大きな愛で包んでくれた

そんなあなたの優しさを本当に分かったのは

もう二度と会えなくなってから

後では遅いということを

後からでは取り返しがつかないということを

その時　初めて知った

ずいぶん　後になって初めて知った

もう二度と会えないあなたに　もう一度会いたい

もう一度会って　あなたに謝らなければ…

もう一度会って

あなたの優しさに『ありがとう』って　伝えなければ…

もうすぐ　あなたが好きだった

裏庭のサクランボが色づきそうです

《楽観主義的に》

ただ　シンプルに

世界中の国々が　一斉に

いっせーのせっ!!　で

武器と戦争を放棄したならば

いったい　全体

この地球は

どんな世界になるだろう

試してみたい

《あなたがいれば良い》

誰からも

好かれようと

しなくていいからね

心から

分かってもらえる人がいればそれで良い

《とりあえず》

『とりあえず、 ビール!!』 みたいに

なぁ～んにも考えずに

とりあえず『幸せ!!』 だって

思ってごらん

今まで

不幸だと思っていたことでさえも

本当は　とっても幸せなことなんだって

思えてくるから

本当に思えてくるから

《実は…》

『損 し て 得 と れ』

とは

実は…

『損 し て 徳 と れ』

ということ？

《贅沢》

贅沢をして

心が咎めるときには

罪悪感にさいなまれるのではなく

贅沢をさせて貰えたことに

感謝すれば良い

《そこらじゅうに》

幸せは

そこらじゅうに

散りばめられていて

その散りばめられた幸せに

心が留まった？

気づかず

過ぎ去った？

それだけのこと

《ゆるすということ》

自分にひどい思いをさせた人を

何もなかったようにゆるせる人は少ないと思う

いつも心の中でその人が居座っている

けれども

相手をゆるさずに　恨む気持ちを持ち続けるのなら

それはそれで　かなりの気力が必要だろう

そしてそれは

自分の心がいつもその人の鎖で繋がれた囚人のようなもの

それならば　いっそのこと　ぜんぶゆるして

何もかも水に流してしまおう

すると　心がスーっと澄んでゆくのが分かる

澄んで軽くなった心は

春風に乗ってタンポポの綿毛のようにどこへでも飛んでゆける

今まで見えなかった美しい景色に出合えるだろう

今まで見えなかった美しい人生に出合えるだろう

ゆるすということは　誰のためでもなく

大切な自分の心を守ってくれるってことなんだよ

そして　深く傷ついたことで人を思いやり

心から優しくありたいと思うだろう

そればかりか　こんなに大切なことを教えてくれたその人を

本当は誰よりも感謝すべき人だったのだと気付くだろう

自分にとって要らない人なんてどこにもいない

私も　私の知らないところで

誰かが心優しくゆるしてくれているのだと…

やっと　気付けた

《もう…戻れない》

誕生日を目の前にして

ため息ひとつ

だけど…　誰でもそうだけど

今のこの歳　それも今の今が一番若いってことなんだよね

だって　こんなことチャラチャラ書いてるうちに

もう　一分　経っちゃった

それに　わざわざ申請に行かなくっても

来年には　もれなくひとつ歳を下さることになっている

どんなに願っても　すがりついても

もう　一秒　たりとも戻ることなど不可能だ

あぁ　なんと　や・る・せ・な・い

この世の…　無　常　の　無　情

チクタク　チクタク　チクタク　チクタクチクタクチクタク

チクタクチクタクチクタクチクタクチクタクチクタクチクタ
クチクタク…

生まれたばかりの時間がどんどん私を追い越してゆく〜

待って〜〜

あぁ…　なんと　や・る・せ・な・や〜

《やまびこ》

わたしの

気持ちや　仕草や　言葉が

そのまま相手に伝わって…

やまびこのように

わたしの元へと　返ってくる

　　通りゃんせ　通りゃんせ～♪♪

♪♪行きはよいよい

　　帰りはこわい～

　　　かも??

《小さな舟人》

今　私の足もとで　列をなして這うこの小さな蟻たちは

ここに私が立っていることも　その頭上を

ぬけるような青空が広がっていることも

その大空を　さまざまな鳥や飛行機が飛び交っていることも

時に　雨あがりの美しい七色の虹が架かることも知らず

今もせっせと働いている

そして　私たちもまた　蟻と同じ

宇宙に居ながら　宇宙を見渡すこともできず

いつも平べったく感じる　せまくるしい世界で

毎日まいにち　せわしなく複雑な世の中を生きている

だからもし…

心に余裕がなくなったり　心が汚れてしまったら

広くて　大きな空を見上げてごらん

聖なる宇宙は悠久の時を刻みながら

今もゆったりと歴史を紡いでいる

その悠久の流れの中を　私たちはほんのいっとき

神秘に満ちた　儚いうたかたの命を授かり

懸命に舟を漕ぎ　岸を探し　岸に向かい生きている

それはそれは　小さな舟人

今日も壮大な大海原の中で　泣いたり　笑ったり　怒ったり…

だからもし…　心が傷ついたり折れそうになったら

広くて大きな空を見上げてごらん

舟人の心は　みな宇宙と同じ壮大なのだと

流れゆく雲のように

ゆっくりゆったりと愉しみ味わうがよいと

漆黒に輝く星々のように　その心は美しく優雅であれと

煌めく星や流れる星が美しいのは

そこはかとない漆黒の空があるから美しく輝けるのだ

うたかた人よ　ことごとく美しく優雅であれと…

小さな舟人よ　ゆったりと流れる雲のようであれと…

ゆっくり　ゆったりと　心ゆくまで愉しみ味わうがよいと…

さんざめく　青い星の上から　さんざめく　幸あれ　と

《遠い…いつの日か》

あなたの愛する人が　突然　この世を去り

その魂は　天へと導かれるように

飛び立とうとしているのに

こちら側で　悲しんでばかりいては

とても気がかりで

愛しいあなたからも

愛着のあるこの場所からも

離れられなくなってしまう

その胸の内に溢れる深い悲しみは

失った愛しい人を想う愛の深さと同じ

だから　愛する人が

天国へと　安心して旅立ってゆけるよう

その悲しみのすべてを 『ありがとう』 の

感謝に変えて

最高の笑顔で送り出してあげよう

そして　遠いいつの日か

愛する人に　笑って逢えるよう

ひたすら　魂に磨きを掛けて

愉しみに待っていればいい

《失敗》

失敗だらけの私だから

失敗はしない方が絶対に良いことは

身に沁みて　分かっている

なにしろ恥ずかしいし　なにしろ迷惑を掛けてしまう

けれど

失敗をしないより　した方が良いともいえる

失敗をしたことで

断然　理解も深まる

今まで気にも留めなかったことが見えてくる

気付けなかったことが深く重いことだったのだと

自ずと　分かってくるようになる

けれど

同じ失敗を　二度　繰り返してはいけない

繰り返すと　せっかくの失敗から

何も　学ばなかったことになるからね

《助けたい》

勝たなくても良い

だけど

絶対に負けない！！

と強く思おう

自分が負けてしまったら

他の誰も助けてはあげられないのだから

でも　もし　負けるようなことがあっても

自分は弱いなんて決して思わなくて良いんだ

手を挙げて　明るく助けを呼ぼう

貴方が

誰かを助けたいと望んだように

誰かも

貴方を助けたいと思っている

いらない心配はいらない

下手な心配も勿論いらない

あたりまえのようにお互い助け合えばいいじゃないの

《ずぼら？》

本当に　疲れてしまったら

な〜んにも　やりたくないよね!!

こんな時

（ずぼら？）　なんて

自分を責めちゃダメだよ!!

なにを言われたって

気にしちゃダメだよ!!

ゴロニャ〜ゴ　と　ゆっくり休むのが一番!!

ほんとに疲れがとれたら

またまた

『君、　元気良いねぇ!!』って

《きのう・きょう・あした》

きのうより

きょう

きょうよりも

あしたの方が

立ち直りが早くなって

悩ましい時間が

短くなれば良いね

《怪獣のガォ》

どうして自分の思うようにならなかったら

腹が立つのだろう？

それは　自分の中に

自己チュウ　我ォという怪獣が棲んでいるから

すべて　その我ォが腹を立てさせる

我ォが居なければ腹の立ちようがない

我ォは　何か気に入らないことがあると

すぐにシャシャリ出てきて

平常心でいたい気持ちを平気で壊しにくる

もし　この　厚かましくて…　目ざとくて…　こ生意気で…

気まぐれで…　気難しくて…　気みじかで…

馴れなれしくて…

耳ざとくて…　ずぶとくて…　いこじで…　気まぐれで…

横着で…　するどくて…　人騒がせで…

トンチンカンで…　ぶざまな…

我ォを　ノックアウトしたら

怪獣　我ォのトゲトゲがポロリと落ちて

もう　どんなに逆なでされても平気でいられるはず

いつでも　どんな時でも

素敵な笑顔でいられるんだけどなぁ～

それが結構　むずかしいのよ

ガァアア～～オオォオ～‼

《心の待ち受け画面》

空のお天気なら

晴れの日も好き

雨の日も好き

だけど

心の中のお天気ならば

絶対!!　晴れが良いに決まっている

けれど…　そうはいっても

嵐の日がある

土砂降りの雨の日もある

吹雪で凍えそうな日もある

だからせめて

自分の心の待ち受け画面だけは

いつだって明るいものにしていたい

どんなに土砂降りの雨の日だって

リセットさえすれば

澄み渡る青空に

コスモスの花が揺れてるような…

南国に咲くブーゲンビレアの梢を

そよ風が爽やかに吹き渡るような…

《神さまへ》

畏れ多い神さまへ　お願いがあります

原発事故で汚染された水や空気や土　もろもろのモノを

また　あらゆる被災された人々の痛みや苦しみや悲しみを

その天上の大きな掃除機で

洗いざらい吸い取っては頂けないでしょうか

決して　忘れることのないように

宇宙間のよく見える所で保管して頂けないでしょうか

温暖化によって　すでに水没しつつある国があると聞きました

あらゆる地域で甚大な山火事も発生しています

世界には　農園で休みなく働く子供たちが

生活を支えるために毎日カカオを採りながら

美味しいチョコレートを知らないとテレビで知りました

交通事故やウイルスなどでいろんな方が命を亡くされています

そして今も　どこかの国で戦をしています

この国もなんだかきな臭い感じがしています

まだ宇宙のことなどは5パーセントくらいしか

解明されていないそうですね

無知な私には　まったく分からないことばかりです

ですから

神さまにお願いするより他ありません

この迷える子羊を

どうかひとり残らず　そのご威力によって

ご神助　ご加護を賜りますよう

何卒　宜しくお願い申し上げ奉ります

《落ち込んで…》

落ち込んで

落ち込んで…

自分の　出来の悪さ不甲斐なさに落ち込んで…

さがして　さがして　さがして…

自分の良いところを　やっと見つけて

褒めてあげたら

涙と…　元気が溢れてきた

《今　辛くても》

今　耐え難いほど

辛くても…

このまま　ずーっと

この辛さが

続くはずないもの

《愛すべき…おじいちゃん＆おばあちゃんに》

歳を重ねてゆくと…

哀しいかな　物忘れが多くなる

近くの物が見えにくくなる

だんだん機敏さも失われてゆく

『まだまだ若い』と気丈に思う自分の気持ちとは裏腹に

失うものが増えていくことへの不安や哀しみもある

けれどそれは今まで懸命に生きてきた証し

だんだんと老いてゆく自分を

優しく受け入れるのが良いと思う

そして　失ってゆく哀しみの分だけ

可愛らしさを増やせば良いと思う

歳を重ねた分だけ

惜しみない愛情を注げば良いと思う

身体が硬くぎこちなくなった分

心はふっくら柔らかにすれば良いと思う

失敗や学び　人生の年輪を重ねた分

温かく　寄り添って…

さりげない助言のできる

そんな

おじいちゃん＆おばあちゃんになれたら

とっても　素敵だと思う

いくつ歳を重ねても

尚　愛される　愛すべき

おじいちゃん＆おばあちゃんになるために…

《得意なこと　苦手なこと》

数少ない　私に出来ることが

みんなは　もっと得意だったら

つまらない

私の苦手なことが

みんなはもっと苦手だったら

困る

得意なこと　苦手なことが　みんな違うから

互いに助け合える

悲観しながら　苦手な事をやり続けるよりも

得意な事を楽しく伸ばす方が

絶対!!　みんなの役に立てるはず

《楽園》

『平和ボケしている！！』

って言葉を　以前よく聞いた

それがあたかも

悪いことのように　聞こえた

その平和ボケした国こそが

本当の　『楽園』　そのものなのだと

まさに　この世の天国なのだと

振り返れば　分かってくれるだろうか

《憲法第九条について思う》

戦争に負けた日本は　戦争を放棄したからこそ

平和で安心な国でいられるのに

この戦争放棄という頑丈な鎧をさらりと捨てて

日本は「いつでも戦争ありき」という

何もまとうもののない　裸の国になってしまったなら

その日を境に　想像もつかないほどの

不安と恐怖の日々を暮らすことになるだろう

日本は勝てない戦争をし　その戦争に負けたからこそ

日本は戦争をしない戦争放棄という平和の証

第九条を授かれたのだ

この憲法第九条によって私たちは

心身共にどれほど救われてきたか計り知れない

近隣諸国にしても　この日本の戦争放棄によって

どれほど安心していられただろうか

しかし今　世界情勢が変わり

この国も平和が脅かされるかも知れないという

だからこちらも負けじと準備をせねばという

「正義という名の平和の為の戦争」なら有りかな　と

だが　戦争に正義などない　戦場は弱肉強食の世界である

戦争は人間の人格を変えてしまうほどの威力を持っているのだ

大人の　それも良識ある立派な紳士でさえもである

それが戦争というものなのだ　だから恐ろしいのである

そして　戦争は又　悲しいのである

その最も悲しいのは

平和を願いながらも戦場へと向かわざるを得ない人達である

そして　それを黙って見送らざるを得ない人達である

さらに　自分の住む愛する町が戦場と化した人達である

戦争が憎しみを生み　憎しみが又　戦争へと駆り立てる

なんの関わりのない人をも憎み　傷つけ合い　殺し合う

その野蛮な行為のどこに正義があるのか？　教えて欲しい

平和が　温かく分かち合うものならば

力ずくで　命がけで奪い合うのが戦争

平和からも幸せからも　一番遠いところにあるのが戦争なのだ

すべてが恐怖に変わり

人々の温もりも優しさも幸せも…

すべてを奪い去るのが戦争

《お月さま》

お月さま

　　　お月さま

大きな空から私が見えますか

こんなに小さくてちっぽけな私だけれど

明るく元気に　歩いているのが見えますか

一生懸命　生きているのが見えますか

それでも時折り

どうしようもなく　悲しくて　かなしくて

かなしみの風船が　胸いっぱいに膨らんで

張り裂けそうになることがあります

また　ある時には　曲がりくねったデコボコ道でもないのに

つまずいたり　転んだり　すべったり…

はがゆくて　悔しくて

子供のように大声をだして泣きたくなることもあります

どうしようもない　痛みや　辛さや　苦しみに

耐えきれず　悶えのたうち回ることさえあります

それでも健気に歩いているのが見えますか

一生懸命　生きているのが見えますか

お月さま

お月さま　大きな空から私が見えますか

いつも　いつも　私を見守っていてくれますか

お月さま　お月さま

いつまでも　いつまでも…

大きな空から　『大丈夫だよ』と…

《もし難民の人達ならば》

愛する祖国で住めなくなってしまった難民の人たちが

もし　我が家のドアをノックして

ひと時を一緒に暮らしたならば

安全で　平和な暮らし

きっと

「もう　これだけで十分 !!」

そう　言うでしょう

なのに…　わたしは

いつまで不平や不満を　連ねているのだろう

《取り越し喜びの歌》

善 き こ と の み 想 い 〜 ♪

取 り 越 し 喜 び を 〜 ♪

よきこと　のみおもい♪　とりこし　よろこびを♪

《分岐点》

自分の人生の中で何度か分岐点に立つ時がある

Ａの道？　Ｂの道？　はたまた　Ｃの道？

どの道が自分に与えられる運命の道なのかまったく分からない

そんな時　こう考えてみてはどうだろう？

どの道が与えられたとしても

大切な自分の人生を有意義に歩むために

前もって自分が納得のゆく答えを出しておく

・Ａの道は：自分の希望する道

・Ｂの道は：ＡとＣの間の結果

・Ｃの道は：Ａと全く反対の残念に思う結果

このＢやＣの結果になったことは

自分にとって不本意だけれども

何か大切な事を学ぶ為にこのような結果になった

と謙虚にとらえ

その上で前向きになれる理由を考えておく

絶対にＡの道でなければ!!

絶対にＡしか自分にはない!!　と執着すれば

もしＢやＣになった時　生きる目的さえもなくしてしまう

初めに自分なりの納得がいく答えを考えておけば　心が折れず

きっと　すんなりと受け入れることができ　冷静でいられる

冷静であれば　自分のことがよく見えるから

後から良い結果がついてくるだろう

決してＢやＣの道が　挫折の道ではなかったと思える

むしろ　後になって自分の為になったと喜べるかも知れない

人生にはＢやＣの道もあって良い

自分が痛みを味わった分　人の痛みも分かる人間になれる

なによりも自分の進む道が誤りではないと思えたら

希望を持って　平常心で困難も乗り越えられる

《人は人》

『人　は　人』

『自　分　は　自　分』

そう　思ったら

人を　羨ましいとか

人を　批判したい気持ちが消えさって…

とても　心が安らかになった

そして　なによりも

自分のことが…

愛おしく　思えてきた

《飛行船》

ほぅ〜　ん

　　　　ほぅ〜　ん

ほぅ〜　ん

木立に包まれた

やわらかな空気

静寂な闇の中で

その川だけが音を立てている

草むらに棲む　飛べない小さな虫たちには

静かな夜を彩る…　イルミネーション

小川に棲む　小さな魚たちには

夜空を飛び交う…　飛行船

ほら

坊や!!

あれが

ほたる

蛍だよ!!

《宝石》

宝石が買えないなら

自分自身が

宝石になればいい

《無い物ねだり》

私は　あなたのことを

あなたは　私のことを

羨ましく思っていたりする

自分に無いものばかり

探してしまうと切なくなる

足るを知り

自分の素晴らしさに気付けば

いつだって　しあわせ三昧なんだけどなぁ〜

《月をめざし》

宇宙船アポロ11号に乗れなくても良い

一歩　いっぽ　踏みしめ　ふみしめ

月をめざし歩いていきたい

お四国参りのお遍路さんが

遍路姿の白装束にすげ笠という出で立ちで

鈴の音と　線香の匂い漂うような遍路道を

黙々と金剛杖をつき　鈴を鳴らし　ならして

四国の霊場八十八カ所を巡礼するように　わたしは

弘法大師　空海の生まれた讃岐の国より

まっすぐに月をめざし　歩いていきたい

一歩　いっぽ　踏みしめ　ふみしめ…　歩いていきたい

同行二人

お大師さまが共に歩いて下さるのなら

天上に咲く曼荼羅華の花に一条の光明差して

月への道なき道を照らしてくれるでしょう

一歩　いっぽ　踏みしめ　ふみしめ…　月に向かえば

お大師さまの崇高な想いや願いというものを

この胸に感じ取ることができるでしょうか

宇宙の真理というような

とうてい計り知ることのできそうにない

そういうようなものを窺い知ることができるでしょうか

無知で煩悩にまみれた　このような穢れの身でも

何かを悟ることができるでしょうか

何十年かかっても良い　遍路姿に身を包み

鈴を鳴らし　ならして

同行二人

一歩いっぽ　噛みしめ　かみしめ…

遠いとおい月をめざし…　歩いていきたい

《何故に》

なぜに

私は　生まれた

なぜに

私は　生まれてきた

なぜに

私は…　生きている

神に問うても

神は答えず

それを生きぬいて…

汝が　答えるものぞ

と…

《つじつま》

心で思ったこと

と

発する言葉は

いつも　同じにしていよう

そうでなきゃ

いつか…

つじつまが合わなくなってしまうから

《晴れの日も　雨の日も》

すべてを

明るく照らしてくれる

晴れの日が好き

しっとりと

こころ　落ち着かせてくれる

雨の日も好き

《限りない宇宙》

きらめく星

限りない宇宙

神様から授かった

尊い命

その　尊い命を

引き換えにできるほどの悩みなど

この世に

ありはしないよ

《幸せの基準》

しあわせの基準

なんて

何処にもないよ

ひとり　ひとり

みんな

違うんだ

《黄金色の並木道》

豊かな秋の日差しを浴びて

キラキラ　キラキラ　黄金色の並木道

都会の広い道路の両脇を　高くそびえるいちょう並木が

絵画の遠近法のようにずーっと続いている

息子の結婚式のため　きのう田舎から上京して来た

いちょう並木で有名なこの通りには

オープンカフェでくつろぐ人達

手を繋ぎ　語らいながらゆっくりと歩道を散歩する恋人たち

まるで北欧にでも来たかのよう

トロンとまどろむような別世界　満ち足りた豊かな光

いちょうの葉はまるで大きな金箔のように

それぞれに輝きながらひとひら　またひとひらと舞い落ちる

落ちた葉っぱは美味しく焼き上がったミルフィーユのように

何層にも重なり合って

そのフカフカのじゅうたんを惜しげもなく歩いた

時折　風が思わせぶりな葉に悪戯をして

ひとひら　ふたひら…　舞い上げる

しあわせ色して　舞い上がる

もうすぐ　教会のウエディングベルが鳴り響く

おごそかなパイプオルガンの音色

清らかなフルートに聖歌隊の澄んだ歌声

最高に素敵な花嫁さんに

少し　はにかんだように見えた息子の笑顔

讃美歌312番　合唱　胸に十字切って

歩き始める二人に…　幸あれ!!　Amen

《こおろぎ》

知らぬまに　こおろぎの鳴く季節になっていた

今年の夏は連日の猛暑で

身も心も　みんな　くたくたになってしまった

もう　とっくに陽は落ちて

あちこちの家々に明かりが灯っている

暦の上では　「もうすでに秋」　といっても

まだまだ草いきれの匂いの残る茂みの中から

こおろぎの音色が響き渡る

こおろぎの音色は過酷な夏を過ごした私たちを

精一杯　労うかのように癒してくれる

はて

こおろぎには人の心を察する能力が備わっているのだろうか

春には　小鳥がさえずり

夏には　暑さをまくしたてる蝉が鳴き

秋には　柔らかな陽光と絵画のような自然と恵みを

冬には　凛と佇む空気を容赦ない北風が吹き荒らす

満ちては欠ける月　寄せては返す波　欠けては又満ちる月

心に沁みる自然の摂理に触れるたび

森羅万象は何かを教えようとしているのだろうか

何かを学べといっているのだろうか

《苦労の味わい方》

苦労を味わいたくない

と　思う人にとっては

苦労は不幸そのものだろう

しかし

苦労を逆手にとって向上したい

と　願う人にとっては

苦労は幸せそのものだろう

《言葉》

心と心をつなぐのは言葉

けれども

相手が

その言葉によって傷つくかも知れない

と思ったら

それは　どうか言葉にしないでほしい

傷つけた相手だけじゃない

その言葉は

それ以上に自分を傷つけると思うから

《真の幸せ》

棚からぼた餅というのは

まことに幸せなことには

違いないけれど

果たしてそれは

本当の幸せといえるのだろうか

真の幸せとは

むしろ

苦労の中にあって

その苦労をもがきながら乗り越えてこそ

本当の幸せが

深くじんわりと心に沁み渡るものではないのだろうか

《出あうということ》

出会う　人

出合う　物事

すべてが

私の心の糧になる

《夏の夜の遥かなる夢遊び》

あの

空高く

悠々と流れる天の川を

得意の平泳ぎで

スーイスーイと泳いだら

それはそれは

気持ちの良いことだろう

あの

天高く

煌めく七夕の夜に

織姫を乗せた三日月の舟から

一つ　二つ　三つ…

流れる星を

得意の一本釣りで

すかさず釣り上げたなら

それはそれは

愉快なことだろう

その

愉快な天の川で

遊び疲れて…　寝ころんで…

ふと

遥か彼方に　懐かしい星が見えたなら

とめどない涙がひと粒の星となって

それは　それは…

煌めくことだろう

《上を向いて》

悩んでる時って

なぜかいつも　下を向いてる

だって　上を向いてたら

悩みたくても　悩めないんだもん

嘘だと思ったら

上を向いて　悩んでみてごらん

ほら　ねっ!!

《ポリアンナのように》

不満を探さず

良いこと探し

ポリアンナが教えてくれた

とっても素敵な少女の

とっても幸せな暮らし方

《真っ白な紙》

毛糸玉の

一本の毛糸から

素敵なセーターが生まれるように

きのう見たあの美しい景色を映したくて

つたないけれど

あれこれ「言葉」を紡いでいたら

真っ白な紙に

きのうの景色が　ほんのり映ってた

下手くそだけど　それが面白くって

愉しくって

《宵祭り》

ここは屋島の南山麓　四国村のある所

少し空気が冷たく感じる秋祭りの頃

夕陽の沈んだ空に　夕焼け色がにじむ

今しがた仕事を終え　家路を急ぎ車のドアに手をかければ

何処からともなく獅子舞の鉦の音

ふと懐かしい思いにかられて佇む

コンコンチキチン　コンチキチン♪

コンコンチキチン　コンチキチン♪

山の麓にある四国村から屋島の街を見下ろせば

いつのまにか暗くなりはじめた屋島の街が

宝石を散りばめたようにキラキラと輝いている

けれど　ここは遠い昔にタイムスリップしたかのような四国村

四国じゅうの古民家が集まった　四国のふる里そのもの

川には祖谷のかずら橋が架かっている

小豆島の農村歌舞伎の舞台もある　土佐の浜田の泊屋もある

どこからか…　子供たちのわらべ唄が聞こえてきそうな

この懐かしい原風景の中で獅子舞の鉦や笛の音が鳴り響く

今宵　神社の宵祭り

神さまに奉納する獅子が舞う

コンコンチキチン　コンチキチン…♪

軽快なリズムに　勇ましい獅子が躍る

氏子の家々を巡り　獅子が舞う

繁栄と幸せを願い　獅子が舞う

コンコンチキチン　コンチキチン…♪

神さまに捧げる獅子舞の鉦や笛の音をBGMに

四国村より愛を込めて

しばし　屋島の夜景に酔いしれよう

《今度は僕が走る番！！》

こんなにも辛い経験をしたんだね

たった一人っきりで

苦しかったね　悲しかったね

だけど君は　ひたすら頑張ってきた

すべてを受け入れ耐えてきた

負けずにここまでよく頑張ったよね

誰にも真似ができないくらいに…

こんなに頑張ってる君に

もうこれ以上　頑張れなんて言わないよ

大丈夫　大丈夫！！

今の君なら　どんな事だって乗り越えてゆけるよ

辛かったけど　君の経験したことは

きっと　これからの…大きなおおきな財産になるだろう

さぁ　君のバトンをもらおう

君の苦しみや悲しみを　心から分かち合いたいと思っている

君のようには上手く走れないかも知れないけれど

今度は僕が走る番だよ

応援してくれるよね

僕だって君のように頑張ってみたいんだ

だから精一杯の声援をよろしく！！

そして　僕が走りきったなら

このバトンを知らない誰かに渡そう

僕のバトンを受け取る誰かだって

君のように頑張りたいと思っているだろう

どんなに辛くても　ひたすら耐えて頑張ってきた君を見て

誰もが頑張りたいと思っている

本気でそう思っている

だから　だから精一杯の声援をよろしく‼

《素敵な人に》

素敵な人を妬んで

心まで醜くなるよりも

その素敵な人をお手本にして

自分も素敵な人の仲間入り

それって

またまた　素敵じゃない？

《芯の強い人》

芯の強い人って

いいよね

だって　その強さを

表面に出さなくて

良いんだもの

芯の強い人って

その強さを　表に出さず

見せびらかさず

ただ　心の奥に秘めて　凛としている

弱い犬ほど　キャンキャンよく吠える

《もったいない》

『もったいない』ものは

時間や

水や　電気や　食べ物ばかりではない

心の底から心配をしてくれる

人の気持ちが分からないのも

また　『もったいない』のである

《眠れぬ夜に》

眠れぬ夜に

愛を込めて…

徒然に　書いてみた

想いのままに　綴ってみた

《星のまたたき》

星のまたたき

キャンドルの灯り

小川のせせらぎ

人の優しい笑顔

湯船に浸かる幸せ

涼やかな風鈴の音色

温かな言葉

優しい思いやり

幸せを感じるものって

きっとお金に関係ないのかも…

《幸せであるということ》

自分が

幸せでなければ

人の幸せなんて

願えないんだよ

《自分のゆく道は》

ごう慢な心や

おごった気持ちが

自分のゆく道を塞ぎ

素直な心や

謙虚な気持ちが

自分のゆく道を拓いてくれる

《元気!!》

元気

元気!!

大丈夫

大丈夫!!

良かった

良かった!!

今日も

この言葉に励まされて

頑張れる

《おもいっきり》

悲しい時には

悲しい分だけ

おもいっきり泣けばいい

自分をごまかして

無理して笑わなくていいんだよ

《今　泣いたカラス》

悲しい時にこそ

悲しい音楽に浸り

悲しい物語の主人公になりきって

いっぱい

涙を流そう

いっぱい　涙を流したら

いつのまにか

涙が一緒に

悲しい思いを流してくれた

そうだよ

今　泣いたカラスが…　わ～らった　！！

《雨の日》

夜明け前から久しぶりに

雨がしとしと降っています

カエルがみんなでケロケロ賑やかに歌っています

黄色い傘をさした男の子が

大きな水たまりに入ってバチャバチャ楽しそうです

かさを増した川の水が木の葉を乗せて優雅に流れてゆきます

街路樹も庭の木々も雨を受けて緑がとっても鮮やかです

図書館には多くの人が静かな読書のひと時を愉しんでいます

傘屋さんは色とりどりの傘を並べて

見ているだけでシアワセ気分

そんな雨の日は窓辺に腰掛けて

雨音を聴いたり　雨粒を眺めたり…

映画をみたり　寝ころんだり…　片付けをしたり

ひとり　もの想いにふけったり　占いをしてみたり

気のおけない友だちとティータイム

お喋りに花を咲かせるのも良いでしょう

将棋に囲碁に　トランプ　オセロ

紅雨　香雨　こぼれ雨　愁雨　竹雨　余花の雨…

雨のことば辞典を眺めるのも愉しいでしょう

雨の日には雨の日の過ごし方があり

雨の日には雨の日の味わいがあるのですね

《われもこう》

われもこう

　　　　われもこう

竹ひごの先に小さな飴を挿したような

エンジ色した楕円形の

その素朴で飾り気のない花穂が

なぜか　可愛い子ぎつねの　おめめに見えて

のどかな風にゆれ　キョロキョロしてる

どんなイタズラしよかと　ソワソワしてる

父さん　母さんぎつねと　かくれんぼ

ぬき足　さし足　忍び足…

息をひそめて　どこ行った？

あら　あら　尻尾　大きな尻尾

父さん母さん　みぃつけたぁ〜!!

秋の日の　山野を駆ける　われもこう

《エレガント》

人の悪口を言って

下品に

生きてくよりも

人の良いところを見て

品良く

生きてこ!!

《魂》

私は　必ずいつか　この世を去っていく

そうして　灰になり自然に還ってゆくだろう

けれど　灰にならず　遺された魂は

また　輪廻転生するだろう

もしも　今

灰になってしまったら

この魂はどこへ連れていかれるのだろう

クリスマスキャロルのスクルージがそうしたように

私も改めよう

灰になってしまわぬうちに…

《やさしい風》

寄り添うように

やさしい風が吹いてきた

それはきっとあなた

やさしいあなた

寄り添うように

やわらかな香りが漂ってきた

それもきっとあなた

やわらかなあなた

やがて

あたたかな空気に包まれる

それもあなた

あたたかな…　あなた

わたしの心を分かってか

いつもふいに…　あらわれる

《魔法》

言葉は　一瞬にして

天国の世界を創ることも

地獄の世界を創り出すこともできる

言葉というものは…

ひらひら　ふわふわ

なにげないようでいて

とてつもなく

おっかない魔法をかけるのだ!!

《自分だけの世界》

広い野原の真ん中に立ち　ひとり夜空の星を眺めてみる

この一粒ひとつぶの星の　なんと美しいこと

この果てしない漆黒の中で　ぽっかり浮かぶ地球と

その地球に一人立つ　自分だけの世界

吸い込まれそうでクラクラと気が遠くなりそうな気分は

息もできない密やかな　私だけの一人遊び

今宵　満天の星

汽笛を鳴らしながら滑り込む銀河鉄道に飛び乗って

クシャクシャの紙切れに書いた停車場で降りてみよう

会いたくてあいたくて　会いたくて

どうしようもなかった懐かしいみんなと再会できたら

今夜は　注文の少ない料理店に予約を入れよう

大人になったジョバンニやカンパネルラも誘って

ゴーシュの弾くセロの音色に涙しながら

チラチラ　キャンドルの灯が燃え尽きるまで

皆で心ゆくまで語り明かそう

キャンドルの灯がチラチラ燃え尽きる頃には

みんな酔ってしまい

東の空はもう白んでいるだろう

《あこがれ》

なにごとが起ころうとも

焦らず　拒まず

きっちり　ぜんぶ受け止めて

平常心　へいじょうしん

心　穏やか

心　おだやかに

それを目標に

生きていきたいと思いつつ

果たして　そのようなことが　この私に出来るだろうかと

思案しつつ…

それでも　いつの日にかと　憧れていよう

《単純明快なる生き方》

平和で自由な国

そんな日本に生まれてきたことを

とても幸せに思う

そして

神様を信じても

神様なんか信じなくっても

どちらでも許される

だから　心から幸せだと思う

だけどね

神様なんかいないと思って

自分勝手に生きてゆくよりも

天の神様に喜んで貰えるような

そんな単純で素直な生き方ができたなら

どんなにみんなが

生きやすい国になるんだろう

って　そう想うんだよ

そして

そんな生き方が

日本から世界中へと

美しい波紋のように広がったなら

世界中の人々が　どんなに生きやすくなって

どんなに平和で幸せなことだろう

って　そう想うんだよ

《平凡な日々》

変わりばえのしない平凡な生活はつまらないと

誰もがよく言うけれど

平凡な生活が送れるって

本当はとっても幸せなことなんだよね

今のこの平凡な生活が

このままずーっと続くと信じて

これで当たり前だと思うから

今の幸せな自分に気づけない

けれどいつか

平凡な日々こそが「幸せ」だったのだと必ず気づく時がくる

後になって「幸せだった」と気づくよりも

今あるこの暮らしが幸せなのだと感じながら生きていく方が

どれほど幸せなことだろう

幸せなんて　たどり着かない遠いどこかにあるのではなく

平凡な毎日の生活の中に隠れている

隠れんぼしている幸せならば　自分で探すしかない

棚からぼた餅が落ちてくるようには

鴨がネギを背負って

わざわざ向こうからやって来るようには

幸せが向こうからやって来てはくれないのだから…

《追憶・曼珠沙華の咲く頃》

あぜ道のあちこちに

真っ赤な曼珠沙華の咲く彼岸の頃

赤や青や黄色のニッキの味の付いた駄菓子の紙を舐めながら

夕日の沈みかけた寂しい遍路道を

ひとり　とぼとぼと歩いた幼き日の遠い記憶

そして今

同じ場所で　同じ真っ赤な曼珠沙華を見て

あの幼き日のおぼろげな記憶が

なぜか淋しくて切なくて不思議な気持ちになってしまうのは

この真っ赤な曼珠沙華の花の持つ

あまりにも神秘的であまりにも繊細な佇まいが

子供ながらに…この世の花ではないような

どこか遠い知るよしもない

異次元の世界へ迷い込んでしまったような

そんな…なんとも不思議な気がしたせいなのだろうか

それとも

真っ赤な曼珠沙華の咲く彼岸の頃に

言葉を覚えたばかりの幼い弟を亡くし

子供ながらに…この世の儚さというようなものを

否応なしに知ってしまったせいなのだろうか

それとも

真っ赤な曼珠沙華の咲く彼岸の頃に

裸電球の灯る小さな駄菓子屋で買って貰った

赤や青や黄色のどぎつい原色の色を付けた

なんとも不思議なニッキの味のせいなのだろうか

今はもうすっかり色あせて

セピア色になってしまった幼き日のことが

真っ赤な曼珠沙華と共に

不思議な世界観で懐かしくも切なく蘇ってくるのである

《祈り》

夜

ベッドに入る前に

愛する人達のことを

祈ろう

明日も

良い日でありますように…　と

《分かったこと》

悲しみの涙を

なんども流して分かったことがある

人は皆　いずれこの世を去ってゆくということを

どんなに大切に想う人でも

いつかは別れが待っているということを

そして　もう一つ分かったことがある

悲しみの涙を流した人に

いつか会える愉しみができたということ

悲しみを味わった数だけ

また　愉しみが増えるということ

いずれ　この世を去るであろうことさえも

愉しみに変えられるってことを…

《知れば知るほど》

聞けば聞くほど

知れば知るほど

みんな

一生懸命に生きている

見習わなければ

《それぞれの景色》

今日も

都会では都会の

田舎では田舎の

一日が始まるんだろうな

そして　今日も

都会では都会の

田舎では田舎の

一日が暮れてゆくんだろうな

それぞれの景色の中で…

《蛙の歌》

田植えの終わった田んぼの水面から

キョロキョロと顔を出して

あっちでもこっちでも

蛙が喉を競って

ケロケロ　ゲロゲロ歌っている

蛙にとっては

必死の求愛の歌かも知れないけれど

シーンと静まり返った

心穏やかな夜中に聞いていると

なんとも　のどかな風情がある

蛙の声は　田んぼの水面を滑って

はるか彼方からも聞こえてくる

ケロケロ　ゲロゲロ　ケロケロ　ゲロゲロ

賑やかなカエルの歌が　かえって

田舎の夜の静けさを教えてくれる

ケロケロ　ゲロゲロ　ケロケロ　ゲロゲロ

カエルの歌が心地いい

《お互いさま》

世の中には

身体の弱い人がいる

心の弱い人がいる

身障者がいる

心身共に病んでいる人もいる

その人たちが

一生懸命　頑張っているのを見ると

胸がジーンと熱くなる

勇気がひしひしと湧いてくる

こんな自分にだって何かやれそうな気がしてくる

ありがとう　ありがとう

人は皆

直接的にも間接的にも

支え合って生きている

誰もがお互いさまで生きているんだね

《夏の暑い日》

祖父や祖母がまだ元気だった夏の暑いお盆の日に

伯父や伯母　姉ちゃんと呼んでいた叔母

従姉妹たちが揃ってやってくると

我が家はいっきに賑やかになった

まだ西陽の残る家のおもてに打ち水をして

こころなしか涼しくなると

まだ若かった母が　父とお風呂から上がった私に浴衣を着せ

柔らかなふんわりとした帯で大きな蝶々結びにしてくれた

私は大きな姿見に自分を映してみると

ずいぶん可愛くなったように思えて

嬉しくて一人はしゃいだ

みんな揃って賑やかな夕食を済ませ

辺りが薄暗くなると　皆がうちわを片手にお墓参り

ゆるやかな坂道をゆっくりと

山の麓にある墓地まで歩いてゆく

途中　お参りを済ませて帰る人たちに出会う度に

「よう　お参りなさんした」と声を掛け合う

その声が今は懐かしく胸に響いてはしみじみと消えてゆく

山の麓にある墓地は下から見上げると段々畑のようだ

ひとつひとつの墓の前に吊るした

紙を張った美しい灯籠の中で

ささやかなろうそくの火が灯ると

温かなみかん色の灯りがあちらこちらで優しく揺れて

幼い私までも幽玄の世界へといざなってくれた

手を合わせてお参りを済ませると

今しがた墓地に着いた人たちに…

「よう　お参りなさんした」

大好きなおばあちゃんの声がした

夏の蒸し暑いお盆のことである

《トホホのホ》

実るほど　頭を垂れる　稲穂かな

はたまた

冷害の　稲穂のごとき　我が身かな

いやはや　なんとも

情けなや　恥ずかしや…

たそがれの　遠くの空で　鐘が鳴る

利口なカラス　クアァ　クァと笑う

なんとも　わびしや…

ト　ホ　ホ　の　穂

ト　ホ　ホ　の　ホ　と　ナ

ト　ホ　ホ　の　へ

《空っぽ》

心の中は

空っぽ　空っぽ

空っぽでいい

清らかなその心が

なにものにも　囚われないでいられるのなら

空っぽ　空っぽ

空っぽがいい

《寛容な人になれたら》

理不尽なことを

されても言われても

腹も立てず　相手を許し

心から幸せを願える人になりたい

そんな寛容な人になれたら

きっと　自分のことが好きですきで

大好きでたまらなくなるだろう

一生を掛けて

自分を好きになっていくこと

これも　生まれてきた目的の一つなのかも知れない

《おわりに》

日々の暮らしの中で、ふと想ったり感じたりしたことを、

徒然に想いのままに綴ってみました。

いろいろな失敗をして、自分にしっかり言い聞かせようと、

自分の為に教訓めいたものをダラダラと書いていたら、

いつのまにか、恥ずかしいほどいっぱいになってしまいました。

でも、本当はもっともっとあるのに、

気付いていないだけなのかも知れません。

だけど…

『いろんな人がいるから　楽しいのだ！！』

『リリィ　頑張りま～す！！』と、恥ずかしながらも

日々、自分で自分を励ましています。

人はいろいろ、人はさまざま

こんな私に共感して下さったり、

あるいは、こんな考え方、捉え方をする人もいるんだな、

こういう人でも、生きているんだなぁ〜。

などなど、安心して貰えたり…嘆いたり…。

もしこの本が、そっとあなたの傍で、

ポッ！！と、マッチ一本の火を灯し、

寒い日の温かい一杯のミルクティーになれたら、

とても嬉しく思います。

このつたない詩集を手に取って下さり、

心から感謝申し上げます。

ごきげんよう。

著者プロフィール

ラッキーリリィ

1956年1月25日生

北原白秋と同じ

ただ今

主婦のみ

イラスト：やまざきりすけ

お月さまお月さま
大きな空から私が見えますか?

2024年2月15日　初版第1刷発行

著　者　ラッキーリリィ
発行者　瓜谷　綱延
発行所　株式会社文芸社
　　　　〒160-0022　東京都新宿区新宿1−10−1
　　　　　　　　　電話　03-5369-3060　（代表）
　　　　　　　　　　　　03-5369-2299　（販売）

印刷所　株式会社暁印刷